Ana Lasevicius e Gabriel Perissé

A ÁRVORE DA PALAVRA

PÉ DE KÁ-DÁBLIU-ÍPSILON

Etimologia para crianças e curiosos

Ilustrações de Bruno Algarve

1ª edição

MODERNA

© Ana Lasevicius e Gabriel Perissé, 2018

COORDENAÇÃO EDITORIAL Maristela Petrili de Almeida Leite
EDIÇÃO DE TEXTO Marília Mendes
CONSULTORIA EDITORIAL Francisco Manoel de Mello Franco Filho
e Rodrigo Villar
COORDENAÇÃO DE EDIÇÃO DE ARTE Camila Fiorenza
DIAGRAMAÇÃO Camila Fiorenza
PROJETO GRÁFICO Tereza Bettinardi
ILUSTRAÇÕES DE CAPA E MIOLO Bruno Algarve
COORDENAÇÃO DE REVISÃO Elaine Cristina del Nero
REVISÃO Andrea Ortiz
COORDENAÇÃO DE *BUREAU* Rubens M. Rodrigues
PRÉ-IMPRESSÃO Vitória Sousa
COORDENAÇÃO DE PRODUÇÃO INDUSTRIAL Wendell Jim C. Monteiro
IMPRESSÃO E ACABAMENTO Bartira
LOTE 270444 / 270445

Dados Internacionais de Catalogação na Publicação (CIP)
(Câmara Brasileira do Livro, SP, Brasil)

Lasevicius, Ana
Pé de ká-dábliu-ípsilon / Ana Lasevicius e Gabriel Perissé ; ilustrações Bruno Algarve. – 1. ed. – São Paulo : Moderna, 2018. – (A árvore da palavra)

"Etimologia para crianças e curiosos"
ISBN 978-85-16-11171-7

1. Literatura infantojuvenil I. Perissé, Gabriel. II. Algarve, Bruno. III. Título. IV. Série.

18-17348   CDD-028.5

Índices para catálogo sistemático:
1. Literatura infantil   028.5
2. Literatura infantojuvenil   028.5

Iolanda Rodrigues Biode – Bibliotecária – CRB-8/10014

Reprodução proibida. Art.184 do Código Penal e Lei 9.610 de 19 de fevereiro de 1998.

Todos os direitos reservados
EDITORA MODERNA LTDA.
Rua Padre Adelino, 758 - Belenzinho
São Paulo - SP - Brasil - CEP 03303-904
Vendas e Atendimento: Tel. (11) 2790-1300
www.modernaliteratura.com.br
2018
Impresso no Brasil

PÉ DE KÁ-DÁBLIU-ÍPSILON: QUE PLANTA É ESSA?

O PÉ DE KÁ-DÁBLIU-ÍPSILON é uma planta rara que abriga duas flores semivogais em seu tronco, o **Y** e o **W**, e produz um único tipo de fruto, o **K**. O pé de ká-dábliu-ípsilon faz parte da série **A ÁRVORE DA PALAVRA — ETIMOLOGIA PARA CRIANÇAS E CURIOSOS**, com histórias inventadas e verdadeiras, repletas de humor e brincadeira, sobre palavras que começam com essas letras.

A etimologia é uma antiga ciência que busca as raízes do vocabulário do nosso dia a dia e pode nos ajudar a entender melhor aquilo que nós dizemos e pensamos. Os etimólogos estudam a origem de cada palavra e, para isso, deslocam-se para países distantes, onde se falam idiomas que surgiram há muito tempo!

Os autores desta série, Ana Lasevicius e Gabriel Perissé, viajaram pela linguagem levando na bagagem imaginação e ciência e esperam que você, no meio das folhas deste livro, descubra que dentro de cada palavra, como acontece dentro das frutas, existem muitas sementes que vão produzir, no futuro, outras árvores com outras novas palavras.

Isao Nakafuro era assíduo participante dos programas de calouros para novos talentos da MPJ (Música Popular Japonesa), mas não conseguia ser finalista em nenhum, pois nunca tinha tempo para ensaiar. Ele trabalhava mais de doze horas por dia numa fábrica de microfones.

 Num dia de folga, mergulhado em sua banheira e pensando no problema, Isao encontrou a solução. Correu até a fábrica para apresentar o projeto, mas esqueceu que estava nu, e, em vez de gritar **EUREKA!** (*ENCONTREI* em grego), como Arquimedes, sabe-se lá por que cargas-d'água Isao gritou: **KARAOKÊ!** (que quer dizer "sei lá o quê").
O dono da fábrica go$$$tou da ideia. Graças à sua invenção, Isao pôde ensaiar em casa muitas vezes antes de se apresentar. Mesmo assim, até hoje não ganhou nenhum concurso. Com o aperfeiçoamento do Karaokê, acabou descobrindo que seu problema era a desafinação.
O aparelho foi batizado de Karaokê e encontra-se à venda nas melhores casas do ramo.

VOCÊ DARIA NOTA 10 PARA ESSA EXPLICAÇÃO?

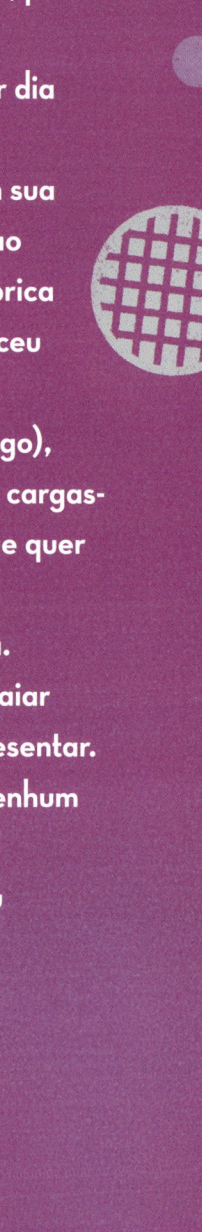

NÃO!

KARAOKÊ

KARAOKÊ
é uma palavra de origem japonesa que surgiu da união entre **KARA** (redução de **KARAPPO**, vazio) e **OKE** (redução de **OKESUTURA**, orquestra). O resultado, orquestra vazia, indica instrumentos musicais tocando sozinhos à espera de um cantor.

A palavra **KARATÊ** veio do japonês *karakterê*, que, por uma rara coincidência, existe também no grego (**KHARAKTÉR**). Em ambos os idiomas tem o mesmo significado: sinal gráfico usado para representar uma letra, valor numérico ou uma ideia.

Karatê é uma espécie de mímica japonesa que expressava em forma de gestos os ideogramas (desenhos que representam objetos ou ideias) do idioma nipônico. Os atores encenavam poemas, dramas e comédias para enormes plateias.

Certo dia, um diretor sem caráter, após ensaiar exaustivamente dois atores para o mesmo papel, sem que um soubesse da existência do outro, decidiu que apenas um deles faria a apresentação.

No dia da estreia, o ator rejeitado invadiu o palco e usou os mesmos gestos para agredir o escolhido.

Ao término da "peça", o público aplaudiu de pé. Enquanto o ator lutador agradecia os aplausos, o outro, apesar de ter se defendido o melhor que pôde, acabou estatelado no chão.

DÁ PARA CAIR NESSA?

NÃO!

KARATÊ
é uma palavra japonesa formada por **KARA** (redução de **KARAPPO**, vazio) e **TE** (mão). Lutar com as "mãos vazias", ou seja, sem usar armas, caracteriza essa arte marcial.

O molho foi criado na Transilvânia por dois cozinheiros húngaros, a pedido de um descendente vegetariano do famoso conde Drácula. **KETCHUP = KET** (dois, em húngaro) **+ CHUP** (termo onomatopaico que reproduz o som ao se tomar colheradas da iguaria). O molho é feito à base de tomates cozidos com especiarias e servido quente.

SERÁ VERDADE?
NÃO!

KETCHUP surgiu de um termo chinês, **KOECHIAP**, "sal para conservar peixes". Mais tarde, na Inglaterra, a palavra foi associada ao molho feito com tomate, cebolas, sal e açúcar que se popularizou nas lanchonetes do mundo inteiro.

O nome **KIWI** vem do antigo chinês e era usado para designar todo ser que tivesse pelos. A fruta *kiwi*, por causa da penugem de sua casca, caiu nessa categoria.

A fruta, muito popular na China, foi exportada para vários países. Na Nova Zelândia, além de muito apreciada pelos habitantes, passou a ser usada no treinamento de aprendizes de barbeiros. Antes de testarem suas habilidades com a navalha na barba da clientela, treinavam na penugem do *kiwi*. Toda vez que os aprendizes cometiam alguma barbeiragem, comiam a fruta para não exporem seus erros perante os outros alunos da classe. É por isso que na Nova Zelândia a fruta ficou conhecida como "fruta dos barbeiros".

PODEMOS APROVAR ESSA VERSÃO?

NÃO!

KIWI

KIWI
vem do idioma **MAORI**, falado por antigos habitantes da Nova Zelândia, e indicava um pássaro do local. Quando a fruta chinesa chamada **MI HU TAO** (pêssego peludo) chegou a essas novas terras, foi rebatizada com o nome do pássaro *kiwi* porque sua casca lembrava a penugem daquela ave.

A expressão inglesa **KNOW-HOW** nasceu dentro de uma seita que treinava jovens para serem seus monges, sem que as famílias ou a sociedade soubessem. As escolas de formação do grupo eram chamadas de **KNOW-HOW**, que era o nome de fachada para ocultar o verdadeiro objetivo daqueles centros: **HOW TO BE A MONK**, "como ser um monge".

Os textos usados internamente por essa seita eram codificados de várias maneiras, algumas bem simplórias (eles não eram muito bons nisso), como no caso abaixo:

Para decifrar **KNOW-HOW**, bastava virar a primeira palavra, *know*, de ponta-cabeça, ler da esquerda para a direita, ajustando a letra *k*, assim...

KNOW
WONK
MONK

...e **KNOW** (saber) torna-se **MONK** (monge).

VOCÊ PÕE
FÉ NISSO?

NÃO!

KNOW-HOW

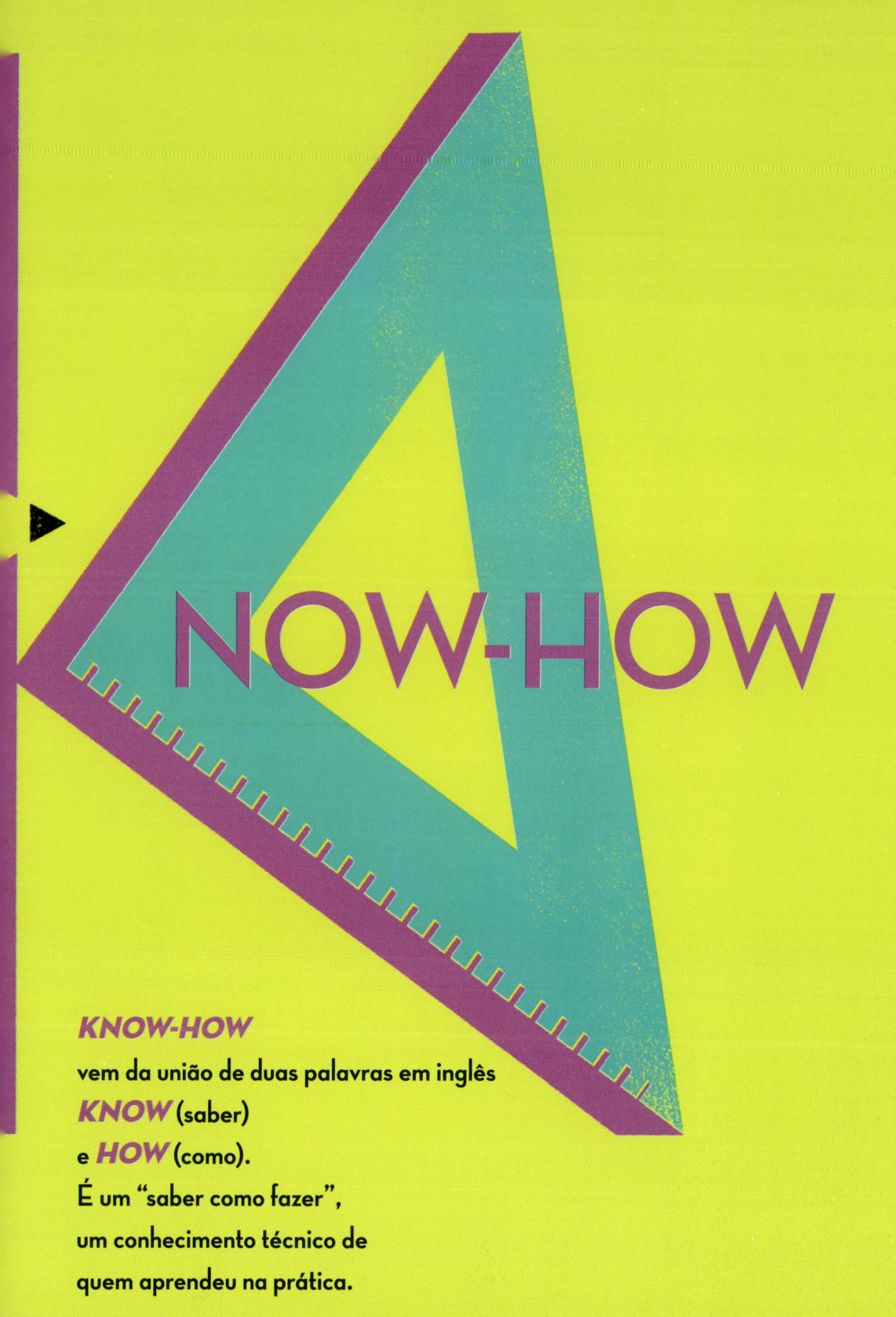

KNOW-HOW
vem da união de duas palavras em inglês
KNOW (saber)
e **HOW** (como).
É um "saber como fazer",
um conhecimento técnico de
quem aprendeu na prática.

KOMBI é uma adaptação da palavra **COMBO**, adotada por muitas lanchonetes para indicar um lanche composto de três, quatro ou mais produtos: X-tudo + batatas fritas + refrigerante + *milk-shake* = **COMBO**.

Na Alemanha, o proprietário de uma dessas lanchonetes, pioneiro em entregas em domicílio, encomendou à indústria de automóveis vários veículos que tivessem a forma de um pão de forma. O objetivo era fazer a entrega dos sanduíches aos seus clientes de maneira original e causar impacto no mercado, associando a imagem do pão à sua marca. O carro-pão acabou recebendo o nome de **KOMBI**.

O automóvel fez tanto sucesso que o modelo foi exportado para o mundo todo. A lanchonete não teve a mesma sorte. Apesar de a entrega ser eficaz, o sabor do lanche era péssimo!

VOCÊ EMBARCOU NESSA?
NÃO!

KOMBI vem do alemão *KOMBINATIONSFAHRZEUG*, que quer dizer "veículo combinado". Era um carro que combinava espaço para levar carga e pessoas. Como em português seria difícil falar o nome em alemão, reduzimos para **KOMBI**.

O termo **KUNG FU** em chinês quer dizer "derrubar com um sopro". É uma palavra de origem onomatopaica: **KUNG** (som de um golpe) e **FU** (som do sopro = fuuuuu). E reforça a filosofia dessa arte marcial de defesa. O ataque não é o principal objetivo. O praticante busca a paz, por isso a ideia de que o golpe não deve ferir o adversário, mas apenas derrubar, sem derramar sangue ou quebrar ossos.

O MESTRE APROVARIA?
NÃO!

KUNG FU

pertence ao idioma chinês: a palavra *kung* significa "mérito" ou "habilidade" e **FU** é "marido" ou "homem". As duas juntas, **KUNG FU**, expressam o domínio de uma habilidade através do esforço. Essa luta marcial era conhecida na China como **WUSHU**, "arte de guerra", porém, por ocasião dos primeiros Jogos Olímpicos, no século XX, os ocidentais passaram a chamá-la de *kung fu*.

Reza a lenda que durante a gravação de *A volta do justiceiro*, numa das refeições da equipe, no melhor restaurante do Texas, o ator Tonny Waffle pediu uma panqueca. Assim que lhe foi servida, ameaçou o garçom que, se não fizessem outra melhor, ele faria justiça com as próprias mãos.

O cozinheiro, enfurecido com as grosserias de Tonny, decidiu "fazer justiça com os próprios pés", pisoteando a panqueca e cobrindo-a com mel e framboesas.

O interessante quadriculado em baixo--relevo impresso na superfície da panqueca pela sola do sapato do cozinheiro acabou agradando tanto a Tonny que o ator passou a ser freguês do restaurante e o maior divulgador do novo prato: o **WAFFLE**.

DÁ PRA LEVAR O OSCAR DE MELHOR EXPLICAÇÃO?

NÃO!

WAFFLE

WAFFLE veio do holandês antigo **WAFEL**, um tipo de panqueca assada em duas prensas de ferro. Em holandês, essa palavra estava relacionada com o verbo **WEVEN**, "entrelaçar", porque essas prensas marcavam a massa com desenhos entrelaçados.

W.C. eram as iniciais de alguém que escrevia poemas e desenhava nas paredes dos banheiros públicos da Inglaterra do século XIX. Assinava com essas iniciais, e nunca ninguém descobriu se era um Walter Carter, um William Cox, um Wilson Chapman... ou até mesmo uma Wilma Cassidy. Sua atividade foi tão grande que as iniciais W.C. se tornaram sinônimo de banheiro.

VOCÊ ASSINARIA EMBAIXO?

NÃO!

W.C.
é abreviatura da expressão
WATER CLOSET,
que significa vaso sanitário.
CLOSET vem do latim
CLAUSUM, "espaço fechado",
e **WATER**
vem do latim **UNDA**,
"onda" de água.

W.C. indica o
lugar em que existe água
num espaço fechado.

Num de seus poemas, escreveu
W.C.:
"Se você leu meus versos com
emoção,
saiba que para um poeta perfeito
tudo na vida, até mesmo o
banheiro,
é lugar de inspiração".

A palavra **WEB** é formada pelas iniciais de **W**anda **E**mma **B**lond.

Wanda foi uma das primeiras apresentadoras de TV nos EUA. Seu programa diário, *Web em sua casa*, era transmitido em rede nacional e se tornou campeão de audiência durante décadas. Chegou a ser exibido simultaneamente em vários países.

Grande comunicadora, simpática e descontraída, Wanda inspirou apresentadoras no mundo inteiro, algumas até hoje copiam seu jeito **WEB** de ser.

Wanda tornou-se um mito da comunicação e por isso o apelido pelo qual era conhecida, **WEB**, foi adotado pelas atuais tecnologias de informação.

VOCÊ VÊ ALGUMA CONEXÃO NISSO?

NÃO

WEB

WEB vem da expressão inglesa ***WORLD WIDE WEB***, "rede mundial" de computadores. A palavra **WEB**, "rede" ou "teia", também já foi usada para falar das membranas entre os dedos dos patos.

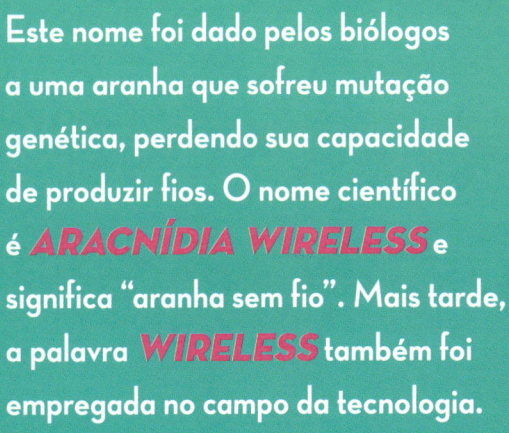

Este nome foi dado pelos biólogos a uma aranha que sofreu mutação genética, perdendo sua capacidade de produzir fios. O nome científico é *ARACNÍDIA WIRELESS* e significa "aranha sem fio". Mais tarde, a palavra **WIRELESS** também foi empregada no campo da tecnologia.

ISTO É CIENTIFICAMENTE COMPROVADO?
NÃO!

IRELESS

WIRELESS
Palavra do século XIX para o telégrafo sem fio: **WIRE** (fio) + **LESS** (sem). Aplica-se hoje à comunicação feita pelos celulares e à conexão da internet.

Este termo nasceu de um episódio ocorrido num campeonato de **WRESTLING** (luta corpo a corpo). O juiz apresentou os dois lutadores da noite: Frank Terrível e Brian Expert. Frank tinha quase dois metros de altura e 150 quilos de crueldade, e Brian, 1,60 m de altura e 59 quilos de inteligência.

Até hoje não se sabe quem apagou as luzes do ringue. O fato é que, quando foram acesas novamente, Brian tinha desaparecido.

A vitória foi dada a Frank Terrível, e o juiz, para explicar o motivo de sua decisão, utilizou o termo **W.O.** (**WRESTLE + OFF**), indicando que o adversário não ficou para lutar.

W.O.

VOCÊ DEFENDERIA ESSA VERSÃO?

NÃO!

A abreviatura da expressão inglesa **WALKOVER – W.O.** — significa "vitória fácil". Quando alguém, em algum jogo, perde por **W.O.**, é porque deixou o outro andar (tradução do verbo **WALK**) com o caminho desimpedido, na quadra, no campo de futebol etc.

YAKIS

YAKI era uma raiz de sabor picante, originária de uma região da China que foi completamente encoberta por um lago, o que causou o desaparecimento da planta. A raiz, que tinha aparência de cabelos, era usada em inalação para aliviar a congestão nasal provocada por resfriados. Suas qualidades eram terapêuticas e alimentares. Com ela se fazia uma sopa nutritiva, de sabor bastante agradável, servida aos enfermos três vezes ao dia. O prato chamava-se **YAKISOPA**, porém as pessoas resfriadas, com o nariz entupido, trocavam o **p** pelo **b**, e pediam um **YAKISOBA**.

ISSO SOA VERDADEIRO?

NÃO!

OBA

YAKISOBA
é uma palavra japonesa e significa macarrão (*SOBA*) frito (*YAKI*). Embora considerado um prato japonês, originou-se na China, **CHAO MIAN** (macarrão frito), onde é muito popular e pode ser preparado com acréscimo de diversos ingredientes.

YAKULT é o grito de guerra dos lactobacilos vivos e em japonês quer dizer: "Já vencemos!".

ESSA DEFINIÇÃO ETIMOLÓGICA ESTÁ CORRETA?
NÃO!

ULT

A palavra nasceu do esperanto **JOGURTO** (o esperanto é uma língua inventada pelo polonês Lázaro Zamenhof), que quer dizer "iogurte", e esta veio do turco **YOGURT**, "leite grosso".

Havia na Índia uma espécie de elefantes chamada *yeti*, palavra que representava o som do espirro desse animal. Os **YETIS**, agora extintos, eram capazes de armazenar em suas trombas mais de 100 litros de água e foram utilizados frequentemente pela população para apagar incêndios.

SERÁ QUE ESSE BICHO EXISTIU?

NÃO!

YETI provém da palavra tibetana **YETEH**, formada por **YEH**, "montanha cheia de neve" ou "local rochoso", + **TEH** "animal" ou "urso". A mitologia da Ásia central fala que o **YETI** é um ser monstruoso e assustador, que pode ser tanto um "urso das rochas" como um primata gigantesco que vive no meio da neve.

Se você algum dia encontrar o **YETI**, não esqueça de tirar uma foto. Peça a ele que faça uma pose diferente, de preferência sem mostrar os dentes.

Eram os nomes de dois irmãos gêmeos, equilibristas e contorcionistas do Grande Circo da China. Um se vestia com roupas pretas e o outro com roupas brancas. No final de suas apresentações, faziam um número de contorcionismo no qual ficavam tão unidos que adquiriam a forma de uma bola que rolava pelo picadeiro.

Baseado na imagem dessa união entre os dois, criou-se o símbolo conhecido como *yin-yang*, que significa "amizade entre irmãos".

PODEMOS CONCORDAR?
NÃO!

YANG

Esses termos chineses se reteriam ao lado sombreado (**YIN**) e ao lado ensolarado (**YANG**) de um morro na hora do crepúsculo. Na antiga filosofia chinesa, são as duas forças da vida que devem ser equilibradas para que tudo tenha harmonia.

YOGA foi um sábio oriental que viveu há muitos séculos. Conta-se que ele ficava dias inteiros na posição de um

Y,

ou seja, de cabeça para baixo e com as pernas para cima, adquirindo, assim, uma visão diferente do mundo. Essa filosofia de vida é chamada de *YOGA*, em homenagem ao mestre.

ESSA EXPLICAÇÃO SE SUSTENTA?

NÃO!

Vem do sânscrito
YOGA: "união",
"comunhão", entre o
corpo e a mente.

OGA

SOBRE OS AUTORES

ANA LASEVICIUS tem formação em Comunicação Social, é escritora, autora de vários livros de literatura infantil, crítica literária, artista plástica e radialista. Seu nome vem do hebraico *Hannah*, que significa "cheia de graça". Deve ser por isso que ela gosta tanto de escrever coisas engraçadas.

GABRIEL PERISSÉ é escritor, tradutor e professor universitário, com mestrado em Literatura e doutorado em Filosofia da Educação. Palestrante na área de formação docente, vive trabalhando com as palavras, e até jogo de palavras cruzadas ele já criou para revistas de banca de jornal.

Ana e Gabriel decidiram escrever para crianças sobre a origem das palavras quando se deram conta de que são elas que mais perguntam sobre a linguagem. A brincadeira começou com eles abrindo o dicionário para descobrir a história de cada palavra. Mas divertido mesmo foi tentar adivinhar as histórias antes de pesquisar.

SOBRE O ILUSTRADOR

BRUNO ALGARVE é formado em *Design Gráfico* com mestrado em Artes Plásticas. Ilustra desde criança (como todas as crianças). Nômade, vive pulando de um lugar para outro. Já viveu em vários países da América Latina e da Europa.
Neste livro, Bruno foi desafiado a usar as letras como formas. É desenhista, mas, dessa vez, desenhado as letrinhas, foi também um pouco escritor, nesses lindos e divertidos livros da série "A árvore da palavra".